兒童文學叢書
・影響世界的人・

種瓜得瓜 種豆種豆

遺傳學之父 孟德爾

龔則韞 / 著

王　平 / 繪

國家圖書館出版品預行編目資料

種瓜得瓜種豆得豆:遺傳學之父孟德爾 / 龔則韞
著; 王平繪.－－初版二刷.－－臺北市: 三民,
2009
面;　公分－－(兒童文學叢書.影響世界的人
系列)
ISBN 978-957-14-3998-3　(精裝)

1.孟德爾(Mendel, Gregor, 1822-1884)－傳記－
通俗作品

784.418　　　　　　　　　　　　93002438

© 種瓜得瓜種豆得豆
—— 遺傳學之父孟德爾

著作人	龔則韞
繪　圖	王　平
發行人	劉振強
著作財產權人	三民書局股份有限公司 臺北市復興北路386號
發行所	三民書局股份有限公司 地址 / 臺北市復興北路386號 電話 / (02)25006600 郵撥 / 0009998-5
印刷所	三民書局股份有限公司
門市部	復北店 / 臺北市復興北路386號 重南店 / 臺北市重慶南路一段61號

初版一刷　2004年4月
初版二刷　2009年1月
編　號　S 781111
行政院新聞局登記證局版臺業字第○二○○號

ISBN　978-957-14-3998-3　（精裝）

http://www.sanmin.com.tw　三民網路書店

多彩多姿的世界

（主編的話）

　　小時候常常和朋友們坐在後院的陽臺，欣賞雨後的天空，尤其是看到那多彩多姿的彩虹時，我們就爭相細數，看誰數到最多的色彩 —— 紅、黃、藍、橙、綠、紫、靛，是這些不同的顏色，讓我們目迷神馳，也讓我們總愛仰望天際，找尋彩虹，找尋自己喜愛的色彩。

　　世界不就是因有了這麼多顏色而多彩多姿嗎？人類也因為各有不同的特色，各自提供不同的才能和奉獻，使我們生活的世界更為豐富多彩。

　　「影響世界的人」這一套書，就是經由這樣的思考而產生，也是三民書局在推出「藝術家系列」、「文學家系列」、「童話小天地」以及「音樂家系列」之後，策劃已久的第六套兒童文學系列。在這個沒有英雄也沒有主色的年代，希望小朋友從閱讀中激勵出各自不同的興趣，而各展所長。我們的生活中，也因為有各行各業的人群，埋頭苦幹的付出與奉獻，代代相傳，才使人類的生活走向更為美好多元的境界。

　　這一套書一共收集了十二位傳主（當然影響世界的人，包括了行行色色的人群，豈止十二人，一百二十人都不止），包括了宗教、哲學、醫學、教育與生物、物理等人文與自然科學。這一套書的作者，和以往一樣，皆為學有專精又關心下一代兒童讀物的寫手，所以在文字和內容上都是以深入淺出的方式，由作者以文學之筆，讓孩子們在快樂的閱讀中，認識並接近那影響世界的人，是如何為人類付出貢獻，帶來福祉。

　　第一次為孩子們寫書的龔則韞，她主修生化，由她來寫生物學家孟德爾，自然得心應手，不做第二人想。還有唐念祖學的是物理，一口氣寫了牛頓與愛因斯坦兩位大師，生動又有趣。李笠雖主修外文，但對宗教深有研究。謝謝他們三位開始加入為小朋友寫作的行列，一起為兒童文學耕耘。

　　宗教方面除了李笠寫的穆罕默德外，還有王明心所寫的耶穌，和李民安所寫的釋迦牟尼，小朋友讀過之後，對宗教必定有較深入的了解。她們兩位

都是寫童書的高手，王明心獲得2003年兒童及少年圖書金鼎獎，李民安則獲得2000年小太陽獎。

　　許懷哲的悲天憫人和仁心仁術，為人類解除痛苦，由醫學院出身的喻麗清來寫他，最為深刻感人。喻麗清多才多藝，「藝術家系列」中有好幾本她的創作都得到大獎。而原本學醫的她與許懷哲醫生是同行，寫來更加生動。姚嘉為的文學根基深厚，把博學的亞里斯多德介紹給小朋友，深入淺出，相信喜愛思考的孩子一定能受到啟發。李寬宏雖然是核子工程博士，但是喜愛文學、音樂的他，把嚴肅的孔子寫得多麼親切可愛，小朋友讀了孔子的故事，也許就更想多去了解孔子的學說了。

　　馬可波羅的故事我們聽得很多，但是陳永秀第一次把馬可波羅的故事，有系統的介紹給大家，不僅有趣，還有很多史實，永秀一向認真，為寫此書做了很多研究工作。而張燕風一向喜愛收集，為寫此書，她做了很多筆記，這次她讓我們認識了電話的發明人貝爾。我們能想像沒有電話的生活會是如何的困難和不便嗎？貝爾是怎麼發明電話的？小朋友一定迫不及待的想讀這本書，也許從中還能找到靈感呢！居禮夫人在科學上的貢獻是舉世皆知，但是有多少人了解她不屈不撓的堅持？如果沒有放射線的發現，我們今天不會有方便的X光檢查及放射性治療，也不會有核能發電及同位素的普遍利用。石家興在述說居禮夫人的故事時，本身也是學科學的他，希望孩子們從閱讀中，能領悟到居禮夫人鍥而不捨的精神，那是一位真正的科學家，腳踏實地的真實寫照。

　　閱讀這十二篇書稿，寫完總序，窗外的春意已濃，這兩年來，經過了編輯們的認真編排，才使這一套書籍又將在孩子們面前呈現。在歲月的流逝中，這是多麼令人高興的事，我相信每一位參與寫作的朋友，都會和我有一樣愉悅的心情，因為我們都興高采烈的在搭一座彩虹橋，期望未來的世界更多彩多姿。

作者的話

　　我小時候，在屏東鄉下住過兩年，我們租賃人家的四合院的西廂房，在那兒，我見識了農家的生活，看見農家如何養豬牛羊雞鴨狗，種稻菜甘蔗香蕉水果樹等等。鄉下小溪小河很多，幾個孩子吆喝一聲，拿著一根短竹竿，挖幾隻蚯蚓，跑到小溪河邊一蹲，竹竿一甩，就可以釣到好多魚。我當時的確很好奇，為什麼豬牛羊雞鴨狗養在一起，怎麼生下來的小動物也還是小豬牛羊雞鴨狗，而不是我不認識的四不像？稻菜甘蔗香蕉水果樹種在一起，也還是各自為政，也沒有混成一團？河裡有好幾種魚住在一起，為什麼沒有變出我們不認識的魚來？

　　儘管我總是好奇這個那個的，我卻對大自然裡的一切有著深深的喜愛，吸一口空氣，看一眼閒散的豬仔，聽一聲咩叫，我拍幾下手掌嚇狗兒，我踢著石頭去上學，嘿，我就是跟大自然裡的一切一樣，都是大自然的一部分。

　　兩年後，我們搬回城裡，我母親很喜歡花卉，在小洋房的前院裡種了許許多多的花草，又養了兩隻小雞。我是家裡最大的女兒，從小就幫忙媽媽許多家務，所以澆花餵雞也少不了我，我對大自然的喜愛與日俱增，對它的好奇也日益膨脹，小學時的常識課裡的知識有限，對生命的探求很少；直到上初中時的博物課開始有些意思了，到了上高中的生物課時就有較詳細的解說，逐漸能解答我心中的疑問。

　　那時學習了巴斯德的加熱消毒法、簡尼爾的牛痘疫苗、孟德爾的遺傳因子定律……，我對大自然有了深一層的體認，越過了視覺的界限，有了超視線的學習。

開始明白細菌病毒的存在、蛋白質脂肪、澱粉的分類、基因的控制、新陳代謝的機制、生理的成長衰老等等。終於明白雜處一圍的豬牛羊雞鴨狗，永遠是豬牛羊雞鴨狗；種在一堆的稻菜甘蔗香蕉水果樹，也永遠是稻菜甘蔗香蕉水果樹。

對生物界有重大影響的科學家很多，譬如巴斯德的加熱消毒法和簡尼爾的牛痘疫苗解救了很多生命，但是孟德爾的遺傳因子定律給地球的生態環境的規律做了一個先決設定，今日的基因解讀及未來遺傳病的預防與治療，可以說都是奠基於該定律，就是這個原因，我決定寫遺傳學之父孟德爾。

龔則韞

孟德爾

孟德爾神父生性喜歡大自然，在聖湯姆士修道院他學
會敬畏，學會謙卑，學會對未來保持樂觀的信心，學
會一種發自內心的坦白誠實與人相處。

還記得複製羊桃莉嗎？20世紀末期，科學家做出了可愛的複製羊桃莉，不久又讀會了人類身上的基因密碼。21世紀初，有科學家提出基因治療的方法，來醫治一些以前認為沒有辦法治癒的疾病。你知道這一切的進步是怎麼開始的嗎？讓我說給你聽。

　　我們都知道：「種瓜得瓜，種豆得豆。」換句話說，種黃瓜子結黃瓜；種綠豆子結綠豆；大狗生大狗，小貓生小貓，老虎生老虎，人就生人囉。可是，這麼簡單的道理，卻一直到西元1865年時，才有人發現這個道理，說明了為什麼黃瓜藤不會長出綠豆；大狗也不會生出小貓；老虎更不會生出人來了。替我們說明這個道理的偉大科學家就是葛瑞克爾‧孟德爾。因為他是第一個說明這個道理的科學家，所以我們尊稱他為「遺傳學之父」。

童年

　　葛瑞克爾‧孟德爾，1822年7月22日出生於默拉維亞的布朗市，位於現在的捷克共和國境內。父親安特恩是農夫，母親柔喜是家庭主婦。小孟德爾排行第二，是家中的獨生子，資質聰穎過人，從小成績就非常突出，各方面表現也十分優異。

　　布朗市是個農村小鎮，民風很樸實，居民大部分都是以種田維生。那裡的天特別的藍，樹特別的綠，田野裡種的麥子、馬鈴薯、包心菜、豌豆等等長得特別好。小孟德爾生長在這樣的環境裡，特別喜歡大自然，從小就對樹上的花朵、地裡的小蟲、風裡的麻雀、田裡跑來跑去的鹿群、馬匹、牛隻等，都充滿了好奇。

　　有一天，他發現他家左邊這棵樹上的
花是紅的，右邊那棵樹上是白色的花。兩
棵樹靠得那麼近，但白花和紅花卻沒有混
合而開出粉紅色的花。他又發現他家的大
黃狗和隔壁的大黑狗所生出來的小狗全是
黑色的，而不是一半黑的和一半黃的，也
不是混成棕色的，更不是半身黑的和半身
黃的。他看到豌豆的高度有高也有矮，但
是大多數是高的，卻沒有看見介於高和矮
的中等高度豌豆。他覺得這一切很奇怪。

　　小孟德爾真是好奇到了極點，他問老師：「老師，為什麼大狗不會生出小貓來？」

　　「大狗只會生出狗，不會生出貓的。」老師回答。

　　「那麼雞會不會生出鴨呢？」他又問。

　　「應該不會吧，我從沒見過雞生出鴨來。」老師說。

　　「那麼小鳥只會生小鳥囉？」小孟德爾接著問。

　　「應該是吧。」老師耐心的說。

　　「那，老虎會不會生出獅子來？」小孟德爾又問。

　　「我沒有見過老虎生獅子。你出去和其他小朋友玩，好嗎？」老師耐心的請小孟德爾離開她的桌邊，讓她可以改小朋友們交上來的作業。

　　小孟德爾和其他小朋友們玩遊戲，一下子就把他問老師的問題忘掉了。過了幾天，他才又想起來，於是決定自己去找書來讀。

小孟德爾到附近教堂旁的修道院的小圖書室，見到老神父便問：「神父，老虎會不會生出獅子來？」

　　「可能不會吧，雖然現在大家相信遺傳特質是一代一代減少的。」老神父回答。

　　「神父，遺傳特質是一代一代減少，是什麼意思？」小孟德爾問。

「譬如說，祖先的高鼻子到後來的子孫臉上，就變成扁鼻子了，這就是所謂遺傳特質會一代一代減少的意思。小孟德爾啊，你一定要記住，一切都是可能的。更重要的是你的頭腦一定要開放，對一切都要存著好奇心。」老神父一面說，一面摸著小孟德爾的頭髮。老神父有一頭金頭髮，而小孟德爾的頭髮是棕色的。小孟德爾突然想起：爸爸和姐姐的頭髮是金色的，而媽媽的頭髮則跟他一樣，是棕色的。他又注意看著老神父的眼珠子：「神父，您的眼睛算是什麼顏色？」

老神父沒想到小孟德爾會問這樣的問題，他自己也從不注意自己眼睛的顏色，一時答不出來，他就反問小孟德爾：「你注意幫我看看，然後告訴我是什麼顏色。」

小孟德爾湊近老神父的眼睛認真的看了看，然後說：「我想，它們是灰藍色。」

「嘿，我突然想起來，我的抽屜裡有一面鏡子，我們去拿來看看我的眼睛究竟是什麼顏色的吧！」老神父站了起來。過了一會兒，他手上多了一面鏡子，一邊照著鏡子一邊說：「你說對了，我的眼珠子是灰藍色的。你看看你的眼珠子是什麼顏色？」

小孟德爾接過鏡子，他仔細觀察自己的眼睛，看了又看，最後，他肯定的說：「我的是棕色的。」

　　「你又說對了！」老神父像宣佈一件大事般的說。小孟德爾很開心的笑了。

　　「神父，我爸爸和姐姐都是金頭髮和灰藍眼睛，跟您一樣，而我和媽媽都是棕色的頭髮和眼睛。您知道為什麼我和姐姐不一樣嗎？」小孟德爾像突然發現一件大事似的問老神父。

　　「我知道這是跟遺傳有關，但是我不懂這中間的道理，你如果想知道的話，也許你可以找書來讀。」老神父很和藹的提醒小孟德爾。

　　「您有這樣的書嗎？」小孟德爾問。

　　「我自己沒有，但是我們的圖書室裡有。」老神父說。

　　「您可以把書借給我嗎？」小孟德爾的心充滿了好奇，希望可以多讀點書，以便了解這其中的原因。

　　本來圖書室裡的書是不能外借的，老神父看見小孟德爾清亮的眼睛，可以感覺到他熱切的希望，「可以。但是要記住：書不能弄髒，也不能弄破，讀完了之後，

要記得還。」小孟德爾聽了連連點頭，只要有書讀，就算是一百件事，他都會記住。

老神父又說:「先借一本給你，等你讀完後，再借給你第二本。」

小孟德爾借了書，很興奮的就在街口讀了起來，一面走一面讀，他心裡有很多問題，迫切的想知道答案。書裡寫的就像神父說的，遺傳特質是一代一代減少的。但是，他想，假如真是這樣的話，那為什麼紅花還是紅花，而且是同樣的紅，一點也沒有變深或變淡，更沒有變成其他的顏色。姐姐的金頭髮和灰藍眼睛跟爸爸的一模一樣，他自己跟媽媽的也是很像，一點也沒有變淡或變成另外的顏色。他的心裡還是有一個大大的疑問。

11

小孟德爾是一個乖孩子，平常放學後總是幫著爸爸、媽媽做許多的家事，他會種田，也會養牛羊，更會幫媽媽煮飯。今天，他向神父借了書以後，太興奮了，就只顧著讀書，看不懂的字就跳過去，一頁一頁的讀，根本忘了要幫爸爸、媽媽做家事呢。

爸爸說：「兒子，現在最重要的就是把學校的功課顧好，不要東想西想那些貓狗花草的事。」

「爸爸，好，我會好好的唸書的。」

小孟德爾真的很聽話，在學校的成績也很好。但是他一直牢牢記住那個疑問，當有空閒的時間，他就會去修道院的小圖書室借書，孜孜不倦的找尋答案。他也知道等長大以後，他更有知識了，更有學問了，會比現在容易找到答案的。

長大做了神父

　　小孟德爾慢慢的長大了。他在中學裡的表現特別優秀，爸爸媽媽鼓勵他繼續讀書進修，可是他們的家裡很貧困，沒有錢繳學費，想來想去，只有一個辦法能讓他繼續讀書。於是，爸爸把孟德爾叫過來。

　　「兒子，爸爸知道你書讀得很好，也知道你願意繼續學習。但是我們家沒有錢供你讀書，如果你想繼續進修的話，只有一個辦法了。」爸爸停頓一下，繼續說：「爸爸先問你，你最喜歡的科目是什麼？」

　　「我最喜歡的是自然科學和數學。」孟德爾回答。

　　「你還是對那些花草貓狗有興趣，想知道為什麼一代又一代都是差不多，沒有混在一起而變成和原來的父母或祖父母都不一樣了？」

　　爸爸說出孟德爾心中的念頭，令他吃了一驚，原來爸爸一直記得他的興趣，他

愉快的說:「嗯，謝謝爸爸還記得，我仍然很希望能去探討那個疑問。」

　　「兒子，你要探討這樣的一個問題，那就得多讀書，才能有機會找到答案。我們家裡窮，沒錢讓你讀大學。但是我已經打聽到，修道院會出錢送修士去讀大學。假如你要讀書的話，爸爸只有送你去修道院當修士，你才有機會上大學讀書。我問你，你肯進修道院當修士嗎？」爸爸問孟德爾的意見。

　　「爸爸，只要我有書可以讀，我願意進修道院。」

　　孟德爾就這樣進了奧古斯丁教區的聖
湯姆士修道院當修士。聖湯姆士修道院是
一個很重視科學與文化創意的機構，它有
一個礦物館、一座實驗植物園及一個藥草
館。這個修道院還有出名的哲學家、音樂
家、數學家、礦物學家、植物學家，這些
專家都致力於科學研究與教學。在這樣的
氣圍裡，孟德爾對科學的興趣有增無減。

16

　　孟德爾生性喜歡大自然，在這裡他學
會敬畏，學會謙卑，學會對未來保持樂觀
的信心，學會一種發自內心坦白誠實的與
人相處。他虔誠相信上帝，他願意以自己
的生命來證實上帝的愛是無邊無界的，那
樣的愛包容一切，孕育出無窮盡的希望、
歡笑與幸福。上帝給予他很大的力量與智
慧，讓他了解生命的意義與神聖。他努力
做一個有勇氣、有責任感、高貴、誠實、
平靜的人。

　　　　　修道院院長派任已經高中畢業的孟德
爾教書的工作（那個時候只要高中畢業就
有資格可以教書），因此開始他的教書生
涯，並且發現自己很喜歡教小朋友讀書。
幾年後，孟德爾晉昇成為神父，並被分配
擔任牧靈的工作，為當地的居民服務，譬

如做瑣碎的教友諮詢、家庭拜訪、醫院探望、解決糾紛、做彌撒、領洗聖典、結婚聖事等等的服務。但是很快的，院方就發現他比較適合教書。因此，他被重新分發至咨南穆市初中教書，在那裡他很受學生歡迎，是一位很優秀的老師，懂得用最簡單的例子來讓學生明白，對學生的問題都很有耐心的回答，平時也很關心學生的家庭生活。

但是當老師是要有教師執照的，孟德爾當然也得跟大家一樣去考教師執照，可是他並沒有通過考試。院方了解這是因為孟德爾的學問大都是自修苦學而成的，所以在 1851 年送他去維也納大學進修自然科學和數學，並準備重考教師執照。就是在這段時間裡，他學會了實驗方法、算術計算推理和科學研究的技巧。在 1853 年學習完畢之後，又回到原來的咨南穆市初中教書。在 1854 年他轉回到布朗市教書。兩年後，重考教師執照，可是卻因太緊張而生病了，只好臨時放棄，從此他打消了考教師執照的念頭，留在布朗市做半職教書老師，另一半時間用來做生物科學實驗。

科學實驗

　　孟德爾神父從維也納大學讀完書回來之後，決定把從小就好奇的那個問題拿出來研究。他每天都繞著修道院散步，總是覺得奇怪，為什麼有些植物本來只長綠葉的，會突然生出白葉來？有一天，他發現了一棵長白葉的植物，他就將它移種到它的同類但是只生綠葉的植物旁邊，他要觀察這棵有白葉植物的下一代，會不會因為種在那棵只長綠葉的植物旁邊，而因此變成了長綠葉的植物？

　　換句話說，他要測驗一下環境會不會影響植物的成長。結果，他發現兩棵植物雖然種在同一個地方，但是長白葉的植物的下一代還是長白葉；長綠葉的植物下一代也還是長綠葉。同樣的，他也把長綠葉的植物搬移到長白葉的植物旁邊種，結果也是一樣。

　　因此他下了一個結論，那就是生長的環境對植物並沒有影響。這樣一個簡單的實驗啟發了他後來做遺傳實驗的靈感，而且幫助他有信心和恆心的堅持下去。

　　後來他利用大學裡學會的實驗方法、數學模型和科學研究的技巧開始做豌豆實

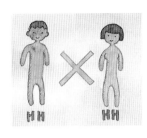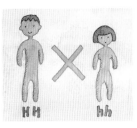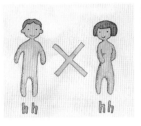

驗。他用34種不同的豆子來測試這些豆子的遺傳純度。他每天像農夫一樣的翻土、埋種子、澆水。等到豌豆發芽、長大、開花、結豆子，他又忙著量植物的高度、分門別類數花的顏色、採擷豆子、數豆子等等，並記錄在一個小筆記簿裡，用算術的方法來看有沒有一個固定的關係。

當時流傳的遺傳觀念是父母的特性會一代一代的被沖淡。可是孟德爾花了八年多所做出來的結果，推翻了這樣的一個模糊籠統的觀念。他的科學實驗結果推算出兩條基本規律，一條是分離律，另一條是獨立結交律，證明攜帶遺傳信號的東西是成雙配對的，裡面含有強信號和弱信號兩種，所有的細胞都有兩套信號，但是，來自媽媽的卵和來自爸爸的精子都只攜帶一套信號，當卵和精子碰在一起，就變成種子，就擁有了兩套信號，豌豆是這樣，我們的身體裡的每一個細胞也是這樣。

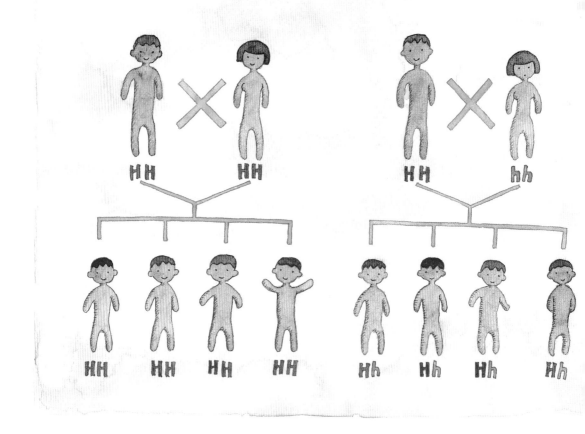

　　譬ㄆㄧˋ如ㄖㄨˊ用ㄩㄥˋ決ㄐㄩㄝˊ定ㄉㄧㄥˋ高ㄍㄠ度ㄉㄨˋ的ㄉㄜ˙信ㄒㄧㄣˋ號ㄏㄠˋ做ㄗㄨㄛˋ例ㄌㄧˋ子ㄗˇ，高ㄍㄠ個ㄍㄜˋ子ㄗˇ信ㄒㄧㄣˋ號ㄏㄠˋ是ㄕˋ強ㄑㄧㄤˊ信ㄒㄧㄣˋ號ㄏㄠˋ（用ㄩㄥˋ H 做ㄗㄨㄛˋ代ㄉㄞˋ號ㄏㄠˋ），矮ㄞˇ個ㄍㄜˋ子ㄗˇ信ㄒㄧㄣˋ號ㄏㄠˋ是ㄕˋ弱ㄖㄨㄛˋ信ㄒㄧㄣˋ號ㄏㄠˋ（用ㄩㄥˋ h 做ㄗㄨㄛˋ代ㄉㄞˋ號ㄏㄠˋ）。當ㄉㄤ高ㄍㄠ個ㄍㄜˋ子ㄗˇ爸ㄅㄚˋ爸ㄅㄚ˙和ㄏㄜˊ高ㄍㄠ個ㄍㄜˋ子ㄗˇ媽ㄇㄚ媽ㄇㄚ˙碰ㄆㄥˋ在ㄗㄞˋ一ㄧˋ起ㄑㄧˇ成ㄔㄥˊ為ㄨㄟˊ　"HH"，或ㄏㄨㄛˋ當ㄉㄤ高ㄍㄠ個ㄍㄜˋ子ㄗˇ爸ㄅㄚˋ爸ㄅㄚ˙和ㄏㄜˊ矮ㄞˇ個ㄍㄜˋ子ㄗˇ媽ㄇㄚ媽ㄇㄚ˙碰ㄆㄥˋ在ㄗㄞˋ一ㄧˋ起ㄑㄧˇ成ㄔㄥˊ為ㄨㄟˊ　"Hh"　時ㄕˊ，生ㄕㄥ出ㄔㄨ來ㄌㄞˊ的ㄉㄜ˙孩ㄏㄞˊ子ㄗˇ仍ㄖㄥˊ然ㄖㄢˊ全ㄑㄩㄢˊ是ㄕˋ高ㄍㄠ個ㄍㄜˋ子ㄗˇ。當ㄉㄤ含ㄏㄢˊ著ㄓㄜ˙　"hh"　的ㄉㄜ˙矮ㄞˇ個ㄍㄜˋ子ㄗˇ爸ㄅㄚˋ爸ㄅㄚ˙和ㄏㄜˊ矮ㄞˇ個ㄍㄜˋ子ㄗˇ媽ㄇㄚ媽ㄇㄚ˙碰ㄆㄥˋ在ㄗㄞˋ一ㄧˋ起ㄑㄧˇ，生ㄕㄥ出ㄔㄨ來ㄌㄞˊ的ㄉㄜ˙孩ㄏㄞˊ子ㄗˇ自ㄗˋ然ㄖㄢˊ全ㄑㄩㄢˊ是ㄕˋ矮ㄞˇ個ㄍㄜˋ子ㄗˇ。但ㄉㄢˋ是ㄕˋ含ㄏㄢˊ著ㄓㄜ˙　"Hh"　的ㄉㄜ˙高ㄍㄠ個ㄍㄜˋ子ㄗˇ爸ㄅㄚˋ爸ㄅㄚ˙和ㄏㄢˊ

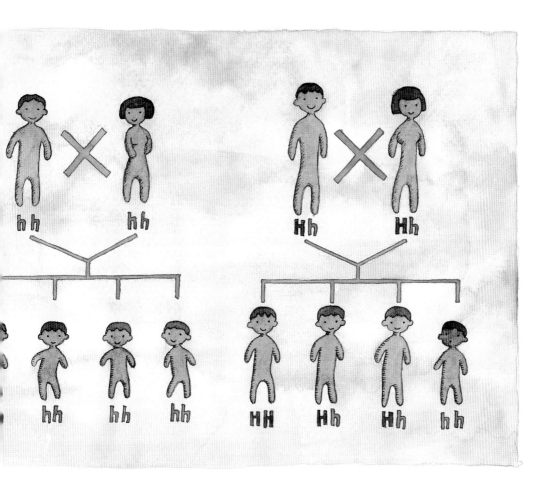

　　著著"Hh"的高個子媽媽,生出來的後代假
如是四個孩子,那麼一定是三個高個子和
一個矮個子(一個"HH"、兩個"Hh"、
一個"hh")。

　　當時,孟德爾神父利用豌豆植物種了
又種,算了又算,試了又試,追蹤了許多
代豌豆,結果發現這個 3:1 的比例總是不
變。他從來沒有找到把高豌豆和矮豌豆植
物加起來除以二的中等高度的豌豆植物。

孟德爾神父是第一位明白統計研究的重要性和將數學知識應用在生物問題的科學家。他在 1865 年 2 月 8 日和 3 月 8 日的自然科學研究學會上，分成兩次口頭報告「豌豆植物雜交實驗」的結果。在隔年的期刊上發表論文，這份期刊分發給 133 位科學家，並寄至不同國家的重要圖書館。孟德爾神父也訂了 40 份副本寄給各地的學者。可惜的是，他的科學論文並沒有引起任何人的注意。

　　孟德爾有一位科學家朋友內格里，看見孟德爾除了研究植物學之外，也研究園藝、養蜂、氣象、天文，研究範圍太過於廣泛，就跟孟德爾神父建議:「你上次發表的『豌豆植物雜交實驗』有很好的數據，但是你可能還要用其他的品種實驗，看是否能做出同樣的結果，假如得到相同的結果，那麼你的『豌豆植物雜交實驗』的結論就成立了。」

　　「那我應該用什麼來重覆實驗呢?」孟德爾神父帶些疑惑的問。

　　「譬如用老鼠、鷹草等來做啊!」

　　孟德爾接受了建議，用老鼠來做同樣的實驗，看是不是會得到同樣的結果。

28

孟德爾又用鷹草和小白鼠繼續做類似的實驗，但是這樣的實驗需要用更精細的儀器，譬如顯微鏡、細針、鏡子、人工燈等等，造成孟德爾嚴重的眼痛和背痛，使他常常不得不中斷實驗。他很努力，不幸的是他做不出和豌豆實驗相似的結果。

　　當時的他不知道鷹草能不要爸爸和媽媽，就會自己生出許多小鷹草來（即是無性生殖）。這和豌豆不同，豌豆一定要有爸爸和媽媽，才會生出小豌豆來的（即是有性生殖），所以孟德爾無法驗證豌豆的結果，他告訴內格里：「我做不出來跟豌豆一樣的結果，你猜這是什麼原因？」

　　「真是奇怪，照理說，換成其他的品種也應該有同樣的結果。除非那豌豆實驗的結果是錯的？」內格里充滿疑惑。

　　孟德爾肯定的說：「那是不可能的，我費了那麼多年種豆收豆算豆，統計分析才推論出來的，應該是對的。」內格里相信孟德爾的品格，也相信豌豆實驗的結果與推論。但是他們一時還無法解釋為什麼。

　　孟德爾在 1869 年發表了鷹草的實驗結果，誠實的說明無法驗證與豌豆相同的結果，暗示還需要進一步的研究。

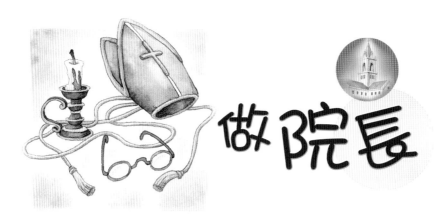

做院長

　　孟德爾在 1868 年 3 月 30 日被選為聖湯姆士修道院的院長。當院長需要管理整個修道院的事情，包括調派每個修士和神父的工作，籌劃經費的來源與運用，以配合社會大眾的需求等等繁雜的事務。繁重的行政職責不再允許他做實驗和教書，只好專心做行政工作。他處理修道院的行政與人事，都是帶著仁慈與友善的心，因此得到院裡上下同仁的愛戴。當時政府醞釀訂定對宗教財產增加稅收的條例，他便每天忙著與其他宗教高級成員一起商量制止的對策或辦法，他熱心到連睡覺時都在想這個問題。後來，條例還是通過成立了，他拒絕承認，也拒絕繳稅，他隱居了起來，不肯再公開露面。

　　孟德爾過著孤獨的晚年生活，雖然他一輩子最喜愛的是科學研究，但是他的眼睛與體力變得太差，已經不能像年輕時那樣做許多勞動，他既不能下田種豌豆，也

不能用眼睛看顯微鏡做實驗，他只有看看書和做一些宗教禮儀活動。

　　孟德爾在 1884 年 1 月 6 日逝世。臨去世前，他自信的對修道院裡的修士和神父們說：「我的科學努力帶給我很大的滿足，我非常確定不久全世界都會肯定我科學努力的結果。」

他的預言在 20 世紀時果然成真。

佛里斯

柯芮斯

錢馬克

孟德爾神父的豌豆實驗結果被埋沒了34年，一直到 1900 年荷蘭的佛里斯、德國的柯芮斯、奧地利的錢馬克等三位植物學家也做出同樣的結果，才確定了孟德爾神父的第一定律。雖然有人推測，如果孟德爾神父能多次在其他動物或植物種類上重覆得到與豌豆實驗相同的結果，他一定會更早成名。儘管如此，他仍然被公認為是19世紀的偉大科學家之一，奠立今日基因學的根基，因此被封為「遺傳學之父」！

孟德爾的影響

　　孟德爾死了，可是這樣並沒有結束豌豆的故事，這只是像電視連續劇的第一集而已，一股生命的泉源，一個永無止境的神奇故事，繼續一集又一集的出現。由於他發現了豌豆的遺傳故事，打開了現代遺傳學與基因學的大門，短短一百多年裡，先有染色體的發現，接著發現了基因鏈，又做出基因鏈的結構，找出氨基酸的基因密碼，又發現了許多遺傳疾病，並且做出了一隻複製羊，後來還發展到今日的人體基因完全解讀，這種一日萬里的超速突飛猛進，就像雲霄飛車一樣，一定不是孟德爾當初可以想像得到的。

進入 21 世紀以後，已經解讀的人體基因，可以幫助科學家們研究出造成疾病的信號，以及研究發明改正基因的方法。假如沒有當初孟德爾的努力，今天我們醫學的發展與進步就會慢很多。雖然我們像孟德爾神父一樣，無法想像以後遺傳基因研究的進步，但是我們可以確定的是，在 21 世紀，用基因來預防或治療疾病的夢想，將會很快就實現了。人類生命的品質會因此而大大的提高，那麼大家要活得長壽，要活得高興，要減少生病的疼痛，要減少醫藥費的負擔，都是可以做到的囉！

　　孟德爾神父對生物學的貢獻，真是人類史上一個重大的突破，如果沒有孟德爾神父，怎麼會有今天進步的醫學呢？可別以為他只是一個種種豌豆的神父而已喔！

　　小朋友，雖然與潮流信念不同的科學發現經常是很難立刻被大家接受的，但是只要沒有失去信心，有恆心的繼續研究下去，說不定你也會像孟德爾神父一樣，成為「□□□之父」喔！

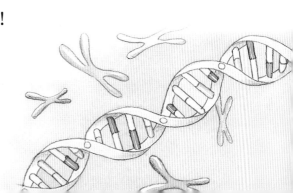

35

孟德爾 小檔案

1822年　17月22日出生於默拉維亞的布朗市。父親
安特恩是農夫，母親柔喜是家庭主婦。

1840年　高中畢業，進入奧古斯丁教區的聖湯姆士修道
院當修士，並開始教書。

1847年　晉昇為神父。

1851年　前往維也納大學進修。

1853年　從維也納大學修習完畢，返回咨南穆市初中教書。

1854年　返回布朗市教書。

1865年　在自然科學研究學會分兩次口頭報告「豌豆植物雜交
實驗」的結果。

1866年　在期刊發表「豌豆植物雜交實驗」的結果，定下兩條
遺傳定律。

1868年　被選為聖湯姆士修道院院長。

1869年　發表鷹草實驗的結果。

1874年　反對宗教財產增稅的條例，隱居不肯公開
露面。

1884年　逝世。

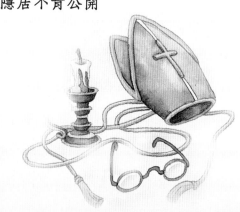

龔則韞　寫書的人

　　新竹市出生，在高雄市長大。小時候，她養過兩隻羊、八隻雞、兩隻白兔子、兩隻鸚哥，還有其他小鳥、蠶寶寶及許多金魚，因此學習到好多有關動物的知識。所以，長大以後，她就做了生物科學家，喜歡研究細胞裡的祕密。她又喜歡躺在草地上，看樹上的小鳥跳來跳去，快樂的唱歌；看藍色的天空，白色的浮雲，編織未來的願望與理想。於是她用筆寫下許多的感想，用大提琴和歌聲來表達對大自然的感動。她認為我們的藍色地球給我們一個美麗的世界，一個充滿光明與希望的世界！她要懷著感恩的心，點燃自己來照亮別人，和大家一起維護藍色的地球。

王平　　　　畫畫的人

　　自幼愛好讀書，書中精美的插圖引發了他對繪畫的最初熱情，也成了他美術上的啟蒙老師。大學時，王平讀的是設計專科，畢業後從事圖書出版工作，但他對繪畫一直充滿熱情，希望用手中的畫筆描繪出多彩的世界。

　　王平個性樸實，為人熱情，繪畫風格嚴謹、細緻。繪畫對於王平來說，是一種陶醉和享受，並希望通過畫筆把這種感受傳遞給讀者，帶給人們愉悅和歡樂。

兒童文學叢書

影響世界的人

在沒有主色，沒有英雄的年代
為孩子建立正確的方向
這是最佳的選擇

一套十二本，介紹十二位「影響世界的人」，看：

釋迦牟尼、耶穌、穆罕默德如何影響世界的信仰？

孔子、亞里斯多德、許懷哲如何影響世界的思想？

牛頓、居禮夫人、愛因斯坦如何影響世界的科學發展？

貝爾便利多少人對愛的傳遞？

孟德爾引起多少人對生命的解讀？

馬可波羅激發多少人對世界的探索？

他們曾是影響世界的人，

而您的孩子將是——

未來影響世界的人